Le meilleur des

mini cocottes

Fanny MATAGNE

City Editions

Les recettes illustrées sont suivies d'un ( ).

Crédits photographiques : Studio City
ISBN : 978-2-35288-214-5
Code Hachette : 50 5976 1

Rayon : Cuisine
Collection dirigée par Christian English & Frédéric Thibaud
Catalogue et manuscrits : www.city-editions.com

Dépôt légal : deuxième semestre 2008
Imprimé dans la C.E.E.

SOMMAIRE

► Cocottes de la mer

► Cocottes de viande

► Cocottes de volaille et de lapin

► Cocottes de légumes et d'œufs

► Cocottes sucrées

Mise en bouche

Pourquoi des petites cocottes ?

Elles sont colorées, petites, elles sont jolies et on les trouve dans toutes les vitrines : ce sont les petites cocottes.

Elles conviennent parfaitement à la tendance actuelle de la cuisine qui privilégie les mini préparations cuisinées et servies individuellement.

Cela évite aussi à la maîtresse de maison de servir un plat en risquant de le voir s'écrouler dès la première part servie...

Elles évoquent les jeux de dînette de notre enfance et on a envie de les avoir dans notre placard, mais comment les utiliser au mieux ?

Chaud devant

Vous trouverez dans cet ouvrage de nombreuses recettes adaptées aux petites cocottes, des préparations à présenter en entrée, en accompagnement ou encore au dessert.

Elles sont également très pratiques pour les buffets gourmands ou les repas à préparer à l'avance. Il suffit en effet de les passer au four quelques minutes et vous pouvez les servir toutes chaudes.

Les couvercles vous éviteront de vous battre avec le film alimentaire qui ne tient jamais sur les plats pour les préparations qui séjourneront dans le réfrigérateur.

Vous trouverez des cocottes en fonte ou des cocottes en céramique. Préférez celles en céramique pour les desserts, et celles en fonte pour les plats qui resteront ainsi bien chauds, mais attention aux brûlures.

Quelques conseils

La taille des cocottes vous obligera à couper les légumes en très petits morceaux, et à faire de même pour les viandes, volailles et poissons.

Vous pouvez utiliser des mini légumes (courgettes, tomates, aubergines, poivrons...) Mais attention, ils sont souvent assez chers et, à part les mini poivrons qui sont pratiques pour les farcir, ils ne sont pas indispensables.

Autre avantage des mini cocottes : vous pouvez utiliser ou non les couvercles. Vous pouvez laisser mijoter une préparation puis retirer les couvercles soit pour faire gratiner, soit pour faire réduire la sauce. Ils permettent aussi de garder le plat au chaud et les cocottes peuvent être servies avec ces couvercles qui sont très décoratifs.
En effet, les petites cocottes sont avant tout un élément de « design culinaire », et les préparations doivent être colorées autant que possible et bien arrangées pour une présentation appétissante.

Choisissez également les assiettes sur lesquelles vous présentez vos cocottes, ou des dessous de plats qui éviteront les marques de chaleur sur la table.

Les cocottes colorées égayeront votre table et les parfums qui s'en échappent mettront tous vos convives en appétit. Vous aurez bien du mal, dorénavant, à vous passer de ces petites préparations gourmandes !

Cabillaud aux légumes *

Moyen ◄

Le cabillaud parfumé au paprika avec des légumes tendres et coloré, pour le plaisir.

- Préchauffez le four à 180 °C (th. 6) et passez les cocottes à l'huile d'olive.
- Pelez les carottes, lavez les courgettes et coupez-les en petits morceaux.
- Épluchez les échalotes et émincez-les ; écrasez l'ail et faites-les revenir dans une cuillère d'huile d'olive ; ajoutez les légumes, le vin, salez et poivrez.
- Mélangez la maïzena à la crème fraîche, versez ce mélange sur les légumes, puis répartissez dans les cocottes.
- Lavez et ciselez le persil, déposez les morceaux de poisson dans les cocottes, couvrez de persil, saupoudrez de paprika.
- Couvrez et mettez au four pendant une demi-heure.

Vous pouvez remplacer le cabillaud par de la sole, de la julienne ou un autre poisson blanc.

* *Ingrédients :*

600 g de cabillaud en 6 morceaux
3 échalotes
2 carottes
1 courgette
1 gousse d'ail
12 cl de vin blanc
2 cuillères à soupe d'huile d'olive
10 cl de crème fraîche
1 c.s. de maïzena
10 brins de persil
1 c.c. de paprika

* *Préparation : 20 mn*
* *Cuisson : 30 mn*
* *Pour 6 cocottes*

▶ Facile

Saumon aux épinards *

* *Ingrédients :*
  300 g de saumon
  300 g d'épinards
  3 pommes de terre
  20 cl de crème fraîche
  1 gousse d'ail
  1 bouquet d'aneth
  Sel, poivre

* *Préparation : 15 mn*
* *Cuisson : 30 mn*
* *Pour 6 cocottes*

- Préchauffez le four à 180 °C (th. 6) et beurrez les cocottes.
- Épluchez les pommes de terre et coupez-les en rondelles.
- Lavez les épinards et faites-les cuire dans une noix de beurre ; ajoutez l'ail écrasé, la crème, puis salez et poivrez.
- Disposez les pommes de terre dans les cocottes, couvrez d'épinards, déposez les morceaux de saumon, parsemez d'aneth ciselée.
- Couvrez et mettez au four pendant trois quarts d'heure.

Si vous n'aimez pas les épinards, vous pouvez les remplacer par une purée de brocoli.

▶ Moyen

Roulés de sole

Une jolie présentation pour un poisson bien relevé.

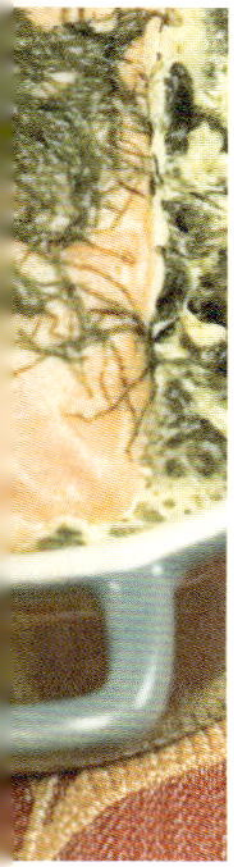

* *Ingrédients :*
  3 filets de sole
  15 g de beurre
  2 oignons
  2 gousses d'ail
  2 tomates
  1 carotte
  20 cl de vin blanc sec
  1 c.s. de concentré de tomates
  1 pincée de poivre de Cayenne
  Sel, poivre

* *Préparation : 20 mn*
* *Cuisson : 30 mn*
* *Pour 6 cocottes*

- Préchauffez le four à 180 °C (th. 6) et passez les cocottes à l'huile d'olive.
- Épluchez les oignons et hachez-les ; pelez la carotte et coupez-la en rondelles ; écrasez l'ail, lavez les tomates et coupez-les en dés.
- Faites revenir les légumes dans le beurre pendant 5 minutes à feu vif avec le poivre de Cayenne ; salez et poivrez.
- Versez le vin, le concentré de tomates, et répartissez dans les cocottes.
- Coupez les filets en deux dans la longueur, enroulez-les, puis fixez-les à l'aide d'un cure-dent.
- Déposez les filets sur les légumes, couvrez et mettez au four pendant une demi-heure.

18/10 STAINLESS STEEL
SOLINGEN GERMANY
STAINLESS STEEL
SOLINGEN GERMANY

▶ Facile

Noix de Saint-Jacques à la nage

Une nage de Saint-Jacques aux légumes assez classique, mais tellement savoureuse.

* *Ingrédients :*
  12 noix de Saint-Jacques
  3 carottes
  1 poireau
  1 échalote
  200 g de céleri rave
  10 cl de lait
  10 cl de vin blanc
  10 cl de crème fraîche
  Sel
  Poivre

* *Préparation : mn*
* *Cuisson :*
* *Pour 6 cocottes*

- Préchauffez le four à 180 °C (th. 6) et passez les cocottes à l'huile d'olive.
- Lavez les légumes, pelez et râpez le céleri et les carottes, émincez le poireau et l'échalote.
- Faites revenir les légumes dans une noix de beurre. Ajoutez le lait et le vin.
- Salez et poivrez puis répartissez dans les cocottes et mettez au four pendant 15 minutes.
- Sortez les cocottes, ajoutez la crème et les noix de Saint-Jacques puis mettez à nouveau au four pendant dix minutes.

Vous pouvez ajouter une pointe de curry dans la crème fraîche juste avant de la versez dans les cocottes.

Pétoncles aux endives

Facile

L'association des endives et du curry vous surprendra agréablement.

- Préchauffez le four à 180 °C (th. 6) et passez les cocottes à l'huile d'olive.
- Épluchez l'oignon et émincez-le ; retirez les feuilles extérieures des endives, creusez un cône dans leur pied et émincez-les.
- Faites blondir l'oignon dans une noix de beurre, ajoutez les endives, salez, poivrez et répartissez dans les cocottes.
- Couvrez et mettez au four pendant une demi-heure.
- Délayez le curry dans la crème, ajoutez les noix de pétoncles, répartissez dans les cocottes et remettez au four pendant 10 minutes.

* *Ingrédients :*

3 endives
1 oignon
18 noix de pétoncles
1 c.c. de curry
10 cl de crème liquide fraîche
Sel, poivre

* *Préparation : 15 mn*
* *Cuisson : 40 mn*
* *Pour 6 cocottes*

Noix de Saint-Jacques au pastis *

Facile

- Préchauffez le four à 180 °C (th. 6) et passez les cocottes à l'huile d'olive.
- Pelez les carottes et coupez-les en rondelles, épluchez et émincez les échalotes.
- Répartissez les légumes dans les cocottes, salez, poivrez, versez le pastis, ajoutez un peu d'eau, couvrez et mettez au four pendant 20 minutes.
- Ajoutez les noix de Saint-Jacques et remettez au four pendant 10 minutes.
- Ajoutez la crème avant de servir.

Vous pouvez aisément remplacer le pastis par du vin blanc.

* *Ingrédients :*

18 noix de Saint-Jacques
2 carottes
3 échalotes
100 g de crème fraîche épaisse
2 c.s. d'huile d'olive
12 cl de pastis
Sel, poivre

* *Préparation : 20 mn*
* *Cuisson : 30 mn*
* *Pour 6 cocottes*

▶ Moyen

Thon à la provençale *

Retrouvez le thon dans cette cocotte riche
en parfum, et en couleurs.

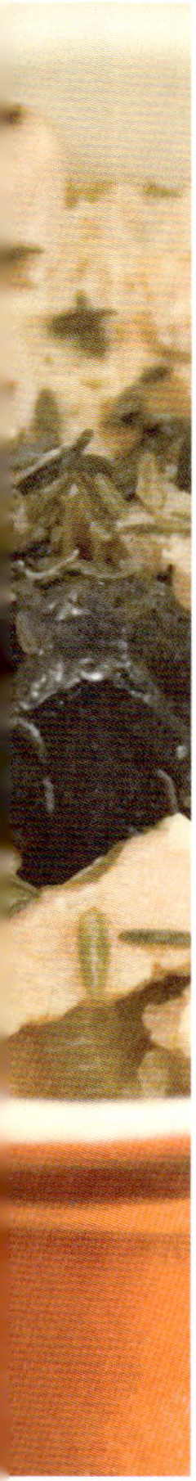

* *Ingrédients :*
  600 g de thon frais
  100 g de lardons fumés
  3 tomates bien mûres
  6 échalotes
  18 olives noires
  20 cl de vin blanc sec
  Thym
  Huile d'olive
  Sel
  Poivre

* *Préparation : 20 mn*
* *Cuisson : 1 h*
* *Pour 6 cocottes*

- Préchauffez le four à 150 °C (th. 5).
- Déposez un morceau de thon dans chaque cocotte, émincez les échalotes et les tomates.
- Faites revenir les lardons dans une poêle et ajoutez-les au thon.
- Faites dorer les échalotes dans la poêle et ajoutez les tomates ; salez, poivrez, versez le vin et répartissez dans les cocottes.
- Saupoudrez de thym effeuillé, déposez des olives et mettez au four pendant 1 heure.

Vous pouvez également ajouter d'autres légumes dans la cocotte, comme de la courgette ou de l'aubergine.

18/10 STAINLESS STEEL
SOLINGEN GERMANY

Gratin de pomme de terre & saumon fumé *

Facile

Un gratin facile à préparer, délicieusement moelleux.

- Préchauffez le four à 180 °C (th. 6) et beurrez les cocottes.
- Épluchez les pommes de terre et coupez-les en rondelles.
- Coupez les tranches de saumon en morceaux.
- Disposez une couche de pommes de terre dans les cocottes, puis le saumon, et finissez par des pommes de terre.
- Battez la crème avec l'œuf, salez et poivrez, puis versez dans les cocottes et couvrez de fromage.
- Couvrez et mettez au four pendant trois quarts d'heure ; retirez les couvercles et laissez gratiner pendant 15 minutes.

* *Ingrédients :*
600 g de pommes de terre
200 g de saumon fumé
50 g de fromages râpé
25 cl de crème fraîche liquide
1 œuf
Sel, poivre

* *Préparation : 20 mn*
* *Cuisson : 1 h*
* *Pour 6 cocottes*

Lotte en cocotte aux oignons *

Moyen

- Préchauffez le four à 180 °C (th. 6) et beurrez les cocottes.
- Épluchez les oignons et émincez-les, pelez les carottes et coupez-les en rondelles.
- Faites-les revenir dans le beurre, puis ajoutez la lotte et le vin.
- Ajoutez la muscade, la moutarde, salez et poivrez, puis répartissez dans les cocottes.
- Couvrez et mettez au four pendant une demi-heure.
- Ajoutez la crème avant de servir.

Essayez en utilisant de lamoutarde à l'ancienne pour changer.

* *Ingrédients :*
600 g de lotte en morceaux
20 g de beurre
3 oignons
1 carotte
10 cl de vin blanc
10 cl de crème
1 c.s. de moutarde
1 pincée de muscade
Sel, poivre

* *Préparation : 15 mn*
* *Cuisson : 30 mn*
* *Pour 6 cocottes*

▶ Facile

Veau à l'étouffée

Une préparation traditionnelle qui n'a rien perdu de son charme.

* *Ingrédients :*
  600 g d'épaule de veau en 6 morceaux
  6 bardes de lard
  30 g de beurre
  2 oignons
  5 cl de vin blanc
  5 cl de bouillon

* *Préparation : 15 mn*
* *Cuisson : 45 mn*
* *Pour 6 cocottes*

- Préchauffez le four à 180 °C (th. 6) et beurrez les cocottes.
- Épluchez les oignons et faites-les blondir dans une noix de beurre ; versez le vin et le bouillon, puis répartissez dans les cocottes.
- Enroulez les morceaux de veau dans les bardes de lard, fixez-les avec un cure-dent et déposez-les dans les cocottes.
- Couvrez et mettez au four pendant trois quarts d'heure, retirez les couvercles et laissez encore cuire 10 minutes.

▶ Facile

Veau à la moutarde

* *Ingrédients :*
  600 g de veau en morceaux
  40 g de moutarde
  2 c.s de crème fraîche épaisse
  200 g d'oignons
  10 cl de vin blanc sec
  30 g de beurre

* *Préparation : 15 mn*
* *Marinade : 24 h*
* *Cuisson : 45 mn*
* *Pour 6 cocottes*

- La veille, badigeonnez les morceaux de veau de moutarde et de crème fraîche mélangées.
- Préchauffez le four à 180 °C (th. 6) et beurrez les cocottes.
- Épluchez les oignons et faites-les blondir dans une noix de beurre.
- Versez le vin en répartissant dans les cocottes, ajoutez la viande, couvrez et mettez au four pendant trois quarts d'heure.
- Retirez les couvercles et laissez encore 15 minutes pour réduire la sauce.

Ces cocottes se marient bien avec des pommes de terre sautées en accompagnement.

Veau aux champignons

Facile ◄

* Ingrédients :

600 g d'épaule de veau en morceaux
40 g de beurre
1 oignon
500 g de champignons de Paris
2 c.s. de fond de veau
12 cl de vin blanc
1 c.c. d'herbes de Provence
1 c.s. de basilic
Sel, poivre

- Préchauffez le four à 180 °C (th. 6) et beurrez les cocottes.
- Épluchez l'oignon et faites-le blondir dans une noix de beurre.
- Coupez les pieds des champignons et épluchez-les si nécessaire ; coupez-les en deux ou quatre et ajoutez-les dans la poêle.
- Salez, poivrez, ajoutez le vin, le fond de veau, les herbes, mélangez et répartissez dans les cocottes.
- Couvrez et mettez au four pendant une demi-heure.

Si vous le souhaitez, vous pouvez ajouter un peu de crème fraîche avant de servir.

* Préparation : 20 mn
* Cuisson : 30 mn
* Pour 6 cocottes

Pain de veau *

Facile

Une véritable gourmandise, on ne s'en lasse pas.

- Préchauffez le four à 180 °C (th. 6) et beurrez les cocottes.
- Faites tremper le pain dans le lait.
- Mélangez la viande avec la ciboulette ciselée, du sel, du poivre, le jaune d'œuf.
- Égouttez le pain et ajoutez-le ; épluchez l'oignon, hachez-le finement et ajoutez-le aussi.
- Mélangez bien, répartissez dans les cocottes en formant des dômes de viande, couvrez et mettez au four pendant trois quarts d'heure.

Vous pouvez déguster ce pain de veau froid également, et le préparer à l'avance.

** Ingrédients :*
600 g de veau haché
2 tranches de pain de mie
10 brins de ciboulette
1 oignon
10 cl de lait
1 jaune d'œuf
Sel, poivre

** Préparation : 15 mn*
** Cuisson : 45 mn*
** Pour 6 cocottes*

Veau aux carottes

Moyen

- Préchauffez le four à 180 °C (th. 6) et beurrez les cocottes.
- Pelez les carottes et coupez-les en rondelles ; lavez la tomate et coupez-la en dés.
- Épluchez les oignons et faites-les blondir dans une noix de beurre.
- Ajoutez la viande, laissez-la dorer, puis ajoutez la tomate.
- Salez, poivrez et répartissez dans les cocottes ; ajoutez les carottes et le bouillon.
- Couvrez et mettez au four pendant trois quarts d'heure.

Vous pouvez encore laisser 15 minutes sans les couvercles pour faire diminuer le jus.

** Ingrédients :*
600 g de veau en morceaux
2 oignons
1 tomate
300 g de carottes
25 cl de bouillon de bœuf
Sel, poivre

** Préparation : 15 mn*
** Cuisson : 45 mn*
** Pour 6 cocottes*

▶ Moyen

Tomates farcies *

Classiques et indémodables, des tomates parfumées qui plairont à tous.

* *Ingrédients :*
  6 grosses tomates
  300 g de veau haché
  100 g de porc haché
  1 tranche de pain de mie
  10 brins de persil
  1 oignon
  10 cl de lait
  Sel, poivre

* *Préparation : 15 mn*
* *Cuisson : 45 mn*
* *Pour 6 cocottes*

- Préchauffez le four à 180 °C (th. 6) et beurrez les cocottes.
- Faites tremper le pain dans le lait.
- Mélangez la viande avec le persil ciselé, du sel et du poivre.
- Égouttez le pain et ajoutez-le ; épluchez l'oignon, hachez-le finement et ajoutez-le aussi.
- Lavez les tomates et videz-les après avoir découpé le couvercle.
- Remplissez de farce, mettez les tomates dans les cocottes avec les couvercles, couvrez et mettez au four pendant trois quarts d'heure.

Servez ces tomates avec du riz basmati et un coulis de tomates.

▶ Moyen

Pommes de terre farcies

* *Ingrédients :*
  3 grosses pommes de terre
  20 g de beurre
  300 g de chair à saucisse
  3 oignons
  20 cl de bouillon de volaille
  Sel, poivre

* *Préparation : 15 mn*
* *Cuisson : 45 mn*
* *Pour 6 cocottes*

- Préchauffez le four à 180 °C (th. 6) et beurrez les cocottes.
- Épluchez les oignons et faites-les blondir dans le beurre ; salez, poivrez, puis répartissez dans les cocottes.
- Épluchez les pommes de terre, coupez-les en deux et creusez-les.
- Remplissez-les de chair à saucisse, salez, poivrez et déposez-les sur les oignons.
- Versez le bouillon, couvrez et mettez au four pendant trois quarts d'heure.

Vous pouvez remplacer la chair à saucisse par la préparation pour pain de veau.

▶ Moyen

Aubergines farcies

Découvrez cette nouvelle façon d'accomoder les aubergines.

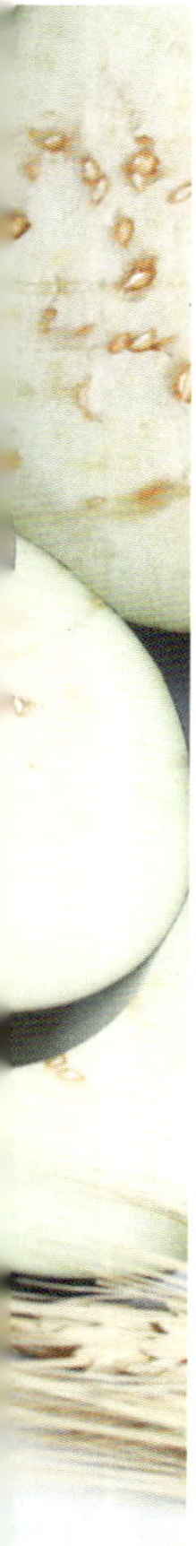

* *Ingrédients :*
  2 aubergines
  2 oignons
  1 tomate
  1 courgette
  50 g de fromage râpé
  200 g de veau haché
  100 g de porc haché
  5 cl d'huile d'olive

* *Préparation : 20 mn*
* *Cuisson : 30 mn*
* *Pour 6 cocottes*

- Préchauffez le four à 180 °C (th. 6) et beurrez les cocottes.
- Épluchez les oignons, hachez-les et faites-les revenir dans l'huile d'olive.
- Ajoutez les viandes mélangées et faites-les rissoler 2 minutes.
- Lavez les aubergines et coupez-les en deux dans la longueur, puis ajustez des morceaux pour qu'ils tiennent dans les cocottes.
- Videz les graines d'aubergine, remplissez de viande, puis couvrez de fromage.
- Lavez les autres légumes, coupez-les en morceaux, puis faites-les revenir dans la poêle.
- Répartissez les légumes dans les cocottes, déposez les aubergines, couvrez et mettez au four pendant une demi-heure.
- Retirez les couvercles et laissez gratiner pendant 15 minutes.

Vous pouvez ajouter de la ciboulette et un oignon haché dans la farce pour la parfumer encore plus.

Gratin de lardons aux oignons

Moyen ◄

Une petite cocotte qui accompagnera très bien un rôti de porc.

- Préchauffez le four à 180 °C (th. 6) et beurrez les cocottes.
- Épluchez les pommes de terre et coupez-les en rondelles ; émincez les oignons. Faites blondir les oignons dans une noix de beurre, puis ajoutez les lardons.
- Répartissez les pommes de terre dans les cocottes, versez les oignons et les lardons.
- Mélangez le lait avec la crème et l'œuf, salez, poivrez, puis versez dans les cocottes.
- Répartissez le fromage, couvrez, mettez au four pendant trois quarts d'heure, puis retirez les couvercles et laissez gratiner 15 minutes.

* *Ingrédients :*
6 pommes de terre
200 g de lardons
6 oignons
20 cl de lait
1 œuf
20 cl de crème fraîche
20 g de fromage râpé
Sel, poivre

* *Préparation : 20 mn*
* *Cuisson : 40 mn*
* *Pour 6 cocottes*

Chou farci

Difficile ◄

- Préchauffez le four à 180 °C (th. 6) et beurrez les cocottes.
- Lavez le chou et faites-le blanchir 10 minutes dans une grande casserole pleine d'eau salée.
- Pelez les carottes et coupez-les en rondelles ; épluchez l'oignon et émincez-le.
- Prélevez 6 grandes feuilles de chou, déposez 100 grammes de chair à saucisse dans chaque feuille et repliez-les pour obtenir des petits coussins.
- Entourez-les d'une barde de lard, ficelez-les et placez-les dans les cocottes ; ajoutez les carottes et l'oignon ; versez le bouillon et le vin.
- Couvrez et mettez au four pendant 1 heure.

Vous pouvez aussi ajouter des petits pois dans la farce pour avoir encore plus de goût.

* *Ingrédients :*
1 chou
600 g de chair à saucisse
6 bardes de lard
2 carottes
1 oignon
20 cl de bouillon de volaille
12 cl de vin blanc
Sel, poivre

* *Préparation : 30 mn*
* *Cuisson : 1 h*
* *Pour 6 cocottes*

▶ Facile

Filet mignon de porc aux échalotes *

Des filets mignons tendres et des échalotes fondantes pour le plaisir de tous.

* *Ingrédients :*

  600 g de filet mignon de porc en morceaux
  12 échalotes
  200 g de lardons
  12 cl de vin blanc
  20 cl de crème fraîche épaisse
  Thym, laurier
  Sel, poivre
  Huile

* *Préparation : 30 mn*
* *Cuisson : 1 h 15*
* *Pour 6 cocottes*

- Préchauffez le four à 180 °C (th. 6) et beurrez les cocottes.
- Épluchez les échalotes, coupez-les en deux et faites-les revenir dans une noix de beurre avec les lardons.
- Ajoutez la viande et faites-la dorer une minute ; salez, poivrez, puis répartissez dans les cocottes.
- Versez le vin, ajoutez un morceau de laurier, le thym, couvrez et mettez au four pendant trois quarts d'heure.
- Ajoutez une généreuse cuillère de crème avant de servir.

▶ Facile

Porc à la provençale

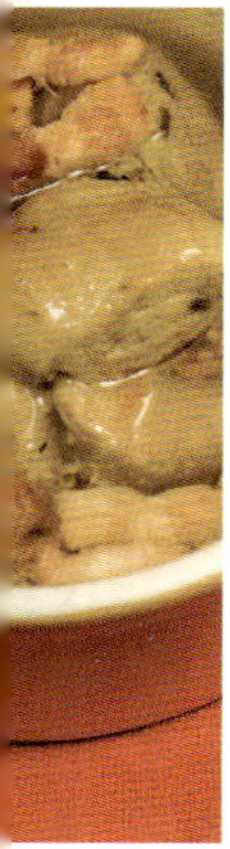

* *Ingrédients :*

  600 g d'échine de porc en morceaux
  1 tomate
  1 courgette
  1 poivron vert
  1 oignon
  2 gousses d'ail
  1 feuille de laurier
  1 c.c. de paprika
  20 cl de bouillon de volaille
  Huile d'olive
  Sel, poivre

* *Préparation : 30 mn*
* *Cuisson : 1 h*
* *Pour 6 cocottes*

- Préchauffez le four à 180 °C (th. 6) et beurrez les cocottes.
- Épluchez les oignons, hachez-les et faites-les revenir dans une noix de beurre.
- Ajoutez la viande et faites-la dorer une minute ; ajoutez l'ail pressé, salez, poivrez, puis répartissez dans les cocottes.
- Lavez les légumes, coupez-les en petits morceaux et ajoutez-les à la viande.
- Ajoutez un morceau de laurier, arrosez d'un filet d'huile, versez le bouillon, couvrez et mettez au four pendant 1 heure.

Servez cette cocotte avec du riz safrané ou des pommes de terre sautées selon vos envies.

Lentilles au lard *

Facile ◄

- Préchauffez le four à 180 °C (th. 6) et beurrez les cocottes.
- Pelez les carottes et coupez-les en bâtonnets ; épluchez les échalotes et coupez-les en deux.
- Répartissez les lentilles dans les cocottes, versez le double de leur volume en eau, salez, poivrez.
- Ajoutez les carottes et les échalotes, un morceau de feuille de laurier, couvrez et mettez au four pendant trois quarts d'heure.
- Faites griller les tranches de bacon à sec dans une poêle et répartissez dans les cocottes.

Vous pouvez ajouter quelques dés de pommes de terre pour compléter ce plat.

* *Ingrédients :*

200 g de lentilles vertes
3 carottes
6 tranches de bacon
1 feuille de laurier
6 échalotes
Sel, poivre

* *Préparation : 30 mn*
* *Cuisson : 1 h*
* *Pour 6 cocottes*

Agneau au basilic

Moyen ◄

Une cocotte qui associe le goût de l'agneau et la fraîcheur du basilic.

- Préchauffez le four à 180 °C (th. 6) et beurrez les cocottes.
- Épluchez les oignons, hachez-les et faites-les revenir dans une noix de beurre.
- Ajoutez la viande et faites-la dorer une minute ; ajoutez l'ail pressé, salez, poivrez, puis répartissez dans les cocottes.
- Épluchez les pommes de terre et coupez-les en dés.
- Ajoutez le coulis, le paprika, les pommes de terre, couvrez et mettez au four pendant trois quarts d'heure.
- Lavez le basilic, ciselez-le, puis ajoutez-le dans les cocottes avant de servir.

* *Ingrédients :*

6 pommes de terre
600 g d'épaule d'agneau en morceaux
2 oignons
1 gousse d'ail
10 cl de coulis de tomates
1 c.c. de paprika
1 bouquet de basilic

* *Préparation : 20 mn*
* *Cuisson : 45 mn*
* *Pour 6 cocottes*

▶ Moyen

Agneau aux poivrons & olives *

Une cocotte aux parfums méditeranéens qui plaira à tous vos convives.

* *Ingrédients :*
  600 g d'épaule d'agneau en morceaux
  2 poivrons rouges
  2 tomates
  1 oignon
  1 gousse d'ail
  1 douzaine d'olives noires
  10 cl de vin blanc sec
  1 feuille de laurier
  1 branche de thym
  Sel, poivre

* *Préparation : 20 mn*
* *Cuisson : 1 h*
* *Pour 6 cocottes*

- Préchauffez le four à 180 °C (th. 6) et beurrez les cocottes.
- Épluchez l'ail, l'oignon et hachez-les ; faites-les revenir dans une noix de beurre.
- Ajoutez la viande et faites-la dorer une minute ; salez, poivrez, puis répartissez dans les cocottes.
- Lavez la tomate et les poivrons, coupez-les en dés, ajoutez-les à la viande.
- Ajoutez un morceau de laurier, une pincée de thym, versez le vin, couvrez et mettez au four pendant 1 heure.
- Lors du dernier quart d'heure, retirez les couvercles et ajoutez les olives.

▶ Moyen

Agneau aux pruneaux

Les pruneaux et les amandes croquantes relèvent agréablement cette cocotte gourmande.

* *Ingrédients :*
  600 g d'épaule d'agneau en morceaux
  2 oignons
  1 tomate
  30 g d'amandes
  20 g de raisins de Corinthe
  6 pruneaux
  3 verres de Côtes du Rhône
  Sel, poivre

* *Préparation : 10 mn*
* *Cuisson : 40 mn*
* *Pour 6 cocottes*

- Préchauffez le four à 180 °C (th. 6) et beurrez les cocottes.
- Épluchez les oignons, hachez-les et faites-les blondir dans une noix de beurre.
- Ajoutez la viande et faites-la dorer une minute ; salez, poivrez, puis répartissez dans les cocottes.
- Lavez la tomate, coupez-la en dés et ajoutez-la à la viande.
- Répartissez les amandes, les raisins et les pruneaux dans les cocottes, versez le vin, couvrez et mettez au four pendant une demi-heure.

Essayez aussi cette cocotte en remplaçant les pruneaux par des figues fraîches ou séchées.

Gratin de courgettes à la mozzarella *

Moyen

Un gratin savoureux et gourmand grâce à la mozzarella fondante.

- Préchauffez le four à 180 °C (th. 6) et passez les cocottes à l'huile d'olive. Épluchez l'oignon, hachez-le finement et faites-le revenir dans de l'huile d'olive.
- Ajoutez la viande, l'ail écrasé, le persil ciselé, salez, poivrez et faites rissoler quelques minutes.
- Lavez la courgette et coupez-la en demi-rondelles. Tapissez le fond des cocottes de courgettes, salez, poivrez, puis versez la viande.
- Couvrez avec le reste de courgettes, arrosez d'un filet d'huile d'olive et parsemez de thym.
- Déposez des morceaux de mozzarella, poivrez et mettez au four pendant trois quarts d'heure. Retirez les couvercles au bout d'une demi-heure.

* *Ingrédients :*
  1 courgette
  1 boule de mozzarella
  500 g de bœuf haché (ou de veau)
  1 oignon
  1 gousse d'ail
  6 brins de persil plat
  1 pincée de thym
  6 c.s. de chapelure
  Huile d'olive
  Sel, poivre

* *Préparation : 20 mn*
* *Cuisson : 50 mn*
* *Pour 6 cocottes*

Gratin d'aubergines au parmesan

Moyen

- Préchauffez le four à 180 °C (th. 6) et passez les cocottes à l'huile d'olive.
- Épluchez l'oignon, hachez-le finement et faites-le revenir dans de l'huile d'olive.
- Ajoutez la viande, l'ail écrasé, une pincée d'herbes de Provence, salez, poivrez et faites rissoler quelques minutes.
- Lavez l'aubergine et coupez-la en 12 rondelles.
- Tapissez le fond des cocottes d'une rondelle d'aubergine, salez, poivrez, puis versez la viande.
- Couvrez avec une autre rondelle d'aubergine, arrosez d'un filet d'huile d'olive et parsemez d'herbes de Provence.
- Saupoudrez de parmesan, mettez au four pendant trois quarts d'heure et retirez les couvercles au bout d'une demi-heure.

* *Ingrédients :*
  1 aubergine
  1 oignon
  1 gousse d'ail
  500 g d'épaule d'agneau hachée
  1 boîte de tomates pelées
  50 g de parmesan râpé
  Huile d'olive
  Sel, poivre
  Herbes de Provence

* *Préparation : 20 mn*
* *Cuisson : 1 h*
* *Pour 6 cocottes*

Vous pouvez remplacer l'agneau par du boeuf selon votre goût.

▶ Facile

Poulet aux aubergines & à la noix de coco*

Une étonnante association de parfums étonnante, à goûter.

* *Ingrédients :*
  3 blancs de poulet
  2 aubergines
  10 cl de lait de coco
  1 échalote
  ½ c.c. de paprika
  Sel, poivre

* *Préparation : 15 mn*
* *Cuisson : 40 mn*
* *Pour 6 cocottes*

- Préchauffez le four à 180 °C (th. 6) et passez les cocottes à l'huile d'olive.
- Lavez les aubergines, coupez-les en dés et faites-les revenir dans de l'huile d'olive à feu vif pendant 5 minutes.
- Répartissez-les dans les cocottes, salez, poivrez.
- Coupez le poulet en petits morceaux et faites-le dorer avec de l'huile d'olive, le paprika et l'échalote ; ajoutez le lait de coco.
- Répartissez le poulet sur les aubergines, couvrez et mettez au four pendant trois quarts d'heure.

▶ Moyen

Poulet aux carottes & petits pois

Une cocotte très simple, à faire en toute occasion.

* *Ingrédients :*
  3 blancs de poulet
  3 tomates
  300 g de petits pois
  100 g de carottes
  1 oignon
  2 gousses d'ail
  10 cl de vin blanc
  Thym
  Huile d'olive
  Sel, poivre du moulin

* *Préparation : 25 mn*
* *Cuisson : 1 h*
* *Pour 6 cocottes*

- Préchauffez le four à 180 °C (th. 6) et passez les cocottes à l'huile d'olive.
- Coupez le poulet en petits morceaux, épluchez les oignons et émincez-les.
- Faites revenir les échalotes dans une noix de beurre et faites-y dorer le poulet.
- Lavez les tomates, coupez-les en dés et ajoutez-les avec l'ail écrasé ; couvrez et laissez cuire 5 minutes.
- Épluchez les carottes et coupez-les en rondelles ; écossez les petits pois.
- Répartissez le poulet dans les cocottes, ajoutez les pois et les carottes, le thym, le vin, salez et poivrez.
- Couvrez et mettez au four pendant trois quarts d'heure.

Ailes de poulet aux poivrons
& pommes de terre violettes *

Moyen

- Préchauffez le four à 180 °C (th. 6). Faites dorer les ailes de poulet dans de l'huile d'olive, puis déposez-les dans les cocottes.
- Lavez les poivrons et coupez-les en dés ; épluchez les échalotes et les pommes de terre.
- Mettez une échalote dans chaque cocotte, ajoutez les poivrons et les pommes de terre coupées en deux.
- Arrosez d'un filet d'huile d'olive, salez et poivrez. Couvrez et mettez au four pendant trois quarts d'heure.

Vous pouvez utiliser des pommes de terre ordinaires, mais vous étonnerez vos convives avec ces pommes de terre violettes, qui doivent cuire 5 minutes de plus que les autres.

* *Ingrédients :*
6 ailes de poulet
2 poivrons rouges
300 g de pommes de terre violettes
6 échalotes
Huile d'olive
Sel, poivre

* *Préparation : 15 mn*
* *Cuisson : 40 mn*
* *Pour 6 cocottes*

Cocotte de lentilles & de poulet au lard

Facile

- Préchauffez le four à 180 °C (th. 6), épluchez les oignons et coupez-les en morceaux.
- Répartissez les lentilles dans les cocottes, versez le double de leur volume en eau.
- Ajoutez les morceaux d'oignon, une pincée de thym, un morceau de feuille de laurier, salez, poivrez et mettez au four pendant une demi-heure.
- Coupez les blancs de poulet en petits morceaux et faites-les dorer dans une noix de beurre.
- Ajoutez les lardons, versez le vin, répartissez dans les cocottes et faites encore cuire une demi-heure.

* *Ingrédients :*
2 blancs de poulet
150 g de lentilles vertes
100 g de lardons
10 cl de vin blanc
1 oignon
Thym, laurier
Sel, poivre

* *Préparation : 20 mn*
* *Cuisson : 1 h*
* *Pour 6 cocottes*

▶ Facile

Poulet au four méridional *

Une cocotte pleine de saveurs et couleurs, un délice estival.

* *Ingrédients :*
  2 blancs de poulet
  180 g de semoule
  2 oignons
  1 gousse d'ail
  2 tomates
  ½ courgette
  ½ aubergine
  ½ poivron
  20 cl de bouillon de légumes
  1 pointe de harissa
  Sel
  Poivre

* *Préparation : 20 mn*
* *Cuisson : 1 h*
* *Pour 6 cocottes*

- Préchauffez le four à 180 °C (th.6) et beurrez les cocottes.
- Épluchez les oignons et coupez-les en petits morceaux.
- Épluchez la gousse d'ail et écrasez-la.
- Lavez les autres légumes et coupez-les en petits morceaux.
- Mélangez tous les légumes, les oignons et l'ail à la semoule, salez, poivrez et répartissez dans les cocottes.
- Faites dorer les blancs de poulet avec une noix de beurre, puis coupez-les en petits morceaux.
- Répartissez le poulet sur les légumes, couvrez et mettez au four pendant 1 heure.
- Diluez la harissa dans le bouillon chaud et servez les cocottes avec ce mélange.

Servez cette cocotte avec un coulis de tomates épicé.

Poulet à la bière

Facile

- Préchauffez le four à 180 °C (th. 6) et beurrez les cocottes.
- Coupez le poulet en petits morceaux et roulez-les dans la moutarde.
- Lavez le poireau et coupez-le en petits morceaux ; épluchez et émincez les oignons.
- Faites-les dorer dans une noix de beurre, salez et poivrez.
- Répartissez dans les cocottes, ajoutez le poulet, le thym et un morceau de laurier.
- Arrosez de bière, couvrez et mettez au four pendant 1 heure.

Vous pouvez essayer avec une bière brune pour un parfum plus prononcé.

* *Ingrédients :*
3 blancs de poulet
2 oignons
1 poireau
2 c.s. de moutarde forte
30 cl de bière blonde
1 feuille de laurier
2 brins de thym
Sel, poivre

* *Préparation : 20 mn*
* *Cuisson : 1 h*
* *Pour 6 cocottes*

Poulet au porto

Facile

Une cocotte rapide et facile à préparer pour toutes les occasions.

- Préchauffez le four à 180 °C (th. 6) et beurrez les cocottes.
- Épluchez les oignons, coupez-les en morceaux et faites-les blondir dans une noix de beurre.
- Coupez le poulet en morceaux et ajoutez-les aux oignons pour les faire dorer.
- Répartissez le poulet dans les cocottes, déglacez la poêle avec le porto et versez-le sur le poulet.
- Salez, poivrez et mettez au four pendant une demi-heure.
- Battez le jaune d'œuf dans la crème et versez sur le poulet à la sortie du four.

* *Ingrédients :*
3 blancs de poulet
3 oignons
10 cl de porto
1 jaune d'œuf
15 cl de crème fraîche liquide
30 g de beurre
Sel, poivre

* *Préparation : 20 mn*
* *Cuisson : 40 mn*
* *Pour 6 cocottes*

▶ Moyen

Lapin au caramel*

Une cocotte pour les amateur de sucré salé.

* *Ingrédients :*
  6 demi-râbles de lapin
  3 oignons
  2 c.s. de sucre
  5 cl de vinaigre
  Sel,
  Poivre

* *Préparation : 20 mn*
* *Cuisson : 20 mn*
* *Pour 6 cocottes*

- Préchauffez le four à 180 °C (th. 6).
- Faites dorer 2 minutes les morceaux de lapin à la poêle dans de l'huile.
- Déposez les râbles dans les cocottes, épluchez les oignons et coupez-les en morceaux.
- Faites-les dorer dans la poêle, ajoutez le sucre et laissez caraméliser. Versez le vinaigre sur les oignons et répartissez cette préparation sur le lapin.
- Salez, poivrez, couvrez et mettez au four pendant 20 minutes.

▶ Facile

Lapin au cidre

Découvrez cette manière très originale de préparer le lapin.

* *Ingrédients :*
  6 demi-râbles de lapin
  2 carottes
  1 branche de céleri
  1 oignon
  15 cl de cidre
  10 cl de crème fraîche
  6 brins de persil
  1 c.c. de thym
  Sel, poivre

* *Préparation : 25 mn*
* *Cuisson : 45 mn*
* *Pour 6 cocottes*

- Préchauffez le four à 180° (th. 6).
- Pelez les carottes, coupez-les en rondelles, lavez et coupez le céleri.
- Épluchez l'oignon et coupez-le en morceaux, faites-le blondir dans une noix de beurre.
- Ajoutez le lapin et faites-le dorer un peu, ajoutez les légumes, le cidre et le thym.
- Salez et poivrez puis répartissez dans les cocottes, mettez au four pendant trois quarts d'heure.
- Ajoutez la crème et le persil avant de servir.

Lapin au vin blanc*

Facile

- Préchauffez le four à 180 °C (th. 6) et épluchez les échalotes.
- Faites dorer les morceaux de lapin dans un peu d'huile dans une poêle et déposez-les dans les cocottes.
- Coupez les échalotes en deux et faites-les revenir avec les lardons dans la poêle. Versez le vin et répartissez sur le lapin ; salez et poivrez.
- Épluchez les pommes de terre, coupez-les en morceaux, puis répartissez-les dans les cocottes.
- Couvrez et mettez au four pendant 20 minutes.
- Ajoutez de la crème fraîche avant de servir.

Vous pouvez parfumer la cocotte avec une pincée de thym.

* *Ingrédients :*
6 demi-râbles de lapin
20 cl de vin blanc sec
3 échalotes
100 g de lardons fumés
300 g de pommes de terre
20 cl de crème fraîche

* *Préparation : 15 mn*
* *Cuisson : 40 mn*
* *Pour 6 cocottes*

Lapin à la bière & à la moutarde

Facile

Une cocotte savoureuse et très conviviale.

- Préchauffez le four à 180 °C (th. 6) et beurrez les cocottes.
- Épluchez les échalotes, coupez-les en deux et faites-les revenir dans une noix de beurre.
- Ajoutez le lapin et faites-le dorer sur toutes les faces ; salez et poivrez.
- Répartissez le lapin dans les cocottes, badigeonnez les râbles de moutarde et versez la bière.
- Ajoutez un morceau de laurier, couvrez et mettez au four pendant 1 heure.
- Faites revenir les champignons dans une noix de beurre, salez et poivrez, ajoutez une cuillère de crème avant de servir avec les cocottes.

* *Ingrédients :*
6 demi-râbles de lapin
30 g de beurre
6 échalotes
30 cl de bière blonde
2 c.s. de moutarde forte
20 cl de crème fraîche épaisse
200 g de champignons de Paris
1 feuille de laurier

* *Préparation : 20 mn*
* *Cuisson : 1 h*
* *Pour 6 cocottes*

▶ Facile

Œuf cocotte aux épinards*

Des cocottes aussi jolies que délicieuses.

* *Ingrédients :*
  6 œufs
  500 g d'épinards
  3 échalotes
  6 brins de persil
  20 cl de crème fraîche épaisse
  Sel, poivre

* *Préparation : 10 mn*
* *Cuisson : 10 mn*
* *Pour 6 cocottes*

- Préchauffez le four à 180 °C (th. 6) et beurrez les cocottes.
- Épluchez les échalotes, émincez-les et faites-les dorer dans une noix de beurre.
- Lavez les épinards, ajoutez-les, laissez-les cuire 5 minutes, puis ajoutez la crème.
- Salez, poivrez et répartissez les épinards dans les cocottes.
- Cassez un œuf dans chaque cocotte, salez, poivrez et mettez au four sans les couvercles pendant 10 minutes.

▶ Facile

Œuf cocotte aux échalotes

Des petites cocottes très faciles et rapides à réaliser.

* *Ingrédients :*
  12 échalotes
  6 œufs
  3 tranches de jambon de Bayonne
  20 cl de crème fraîche épaisse

* *Préparation : 10 mn*
* *Cuisson : 10 mn*
* *Pour 6 cocottes*

- Préchauffez le four à 180 °C (th. 6) et beurrez les cocottes.
- Épluchez les échalotes, émincez-les et faites-les blondir dans une noix de beurre.
- Coupez le jambon en petits morceaux, ajoutez-les aux échalotes et répartissez dans les cocottes.
- Ajoutez une cuillère de crème fraîche, salez et poivrez.
- Cassez un œuf dans chaque cocotte et mettez au four pendant 10 minutes.

Si vous n'en avez pas, vous pouvez remplacer les échalotes par des oignons.

Œuf cocotte au saumon*

Facile

Une jolie cocotte savoureuse pour les occasions spéciales.

- Préchauffez le four à 180° (th. 6) et beurrez les cocottes.
- Coupez les tranches de saumon en quatre et déposez-en deux morceaux au fond des cocottes.
- Déposez une cuillère de crème fraîche et l'aneth ciselé.
- Cassez un œuf dans chaque cocotte couvrez avec les dernières tranches de saumon.
- Poivrez et mettez au four sans les couvercles pendant 10 minutes.

** Ingrédients :*

6 tranches de saumon fumé
6 œufs
20 cl de crème fraîche épaisse
6 brins d'aneth
Poivre

** Préparation : 5 mn*
** Cuisson : 10 mn*
** Pour 6 cocottes*

Œuf cocotte aux champignons

Facile

- Préchauffez le four à 180 °C (th. 6) et beurrez les cocottes.
- Coupez les pieds des champignons, épluchez-les si nécessaire et émincez-les.
- Épluchez les échalotes et émincez-les ; faites-les revenir dans une noix de beurre.
- Ajoutez les champignons, le persil ciselé, salez, poivrez, puis laissez l'eau des champignons s'évaporer.
- Versez la crème fraîche et répartissez les champignons dans les cocottes.
- Cassez un œuf dans chaque cocotte et mettez au four sans les couvercles pendant 10 minutes.

Pour une saveur plus soutenue, vous pouvez ajouter une gousse d'ail écrasée dans les champignons.

** Ingrédients :*

600 g de champignons de Paris
2 échalotes
6 brins de persil
20 cl de crème fraîche
6 œufs
Sel, poivre

** Préparation : 15 mn*
** Cuisson : 15 mn*
** Pour 6 cocottes*

▶ Facile

Œuf cocotte au bacon *

Une cocotte à l'anglaise, à déguster avec des « beans » et des toasts.

* *Ingrédients :*
  6 œufs
  6 tranches de bacon
  20 cl de crème fraîche épaisse
  50 g de fromage râpé
  Sel, poivre

* *Préparation : 15 mn*
* *Cuisson : 10 mn*
* *Pour 6 cocottes*

- Préchauffez le four à 210 °C (th. 7) et beurrez les cocottes.
- Coupez chaque tranche de bacon en deux dans la longueur et disposez-les en croix dans les cocottes.
- Cassez un œuf dans chaque cocotte, ajoutez une cuillère de crème, salez et poivrez.
- Rabattez les tranches de bacon sur les œufs et parsemez de fromage.
- Mettez au four pendant 10 minutes sans les couvercles.

▶ Facile

Légumes à la harissa

* *Ingrédients :*
  1 courgette
  1 oignon
  3 carottes
  200 g de pois chiches cuits
  200 g de tomates pelées en boîte
  1 c.c. de harissa
  ½ c.c. de cumin en poudre

* *Préparation : 15 mn*
* *Cuisson : 40 mn*
* *Pour 6 cocottes*

- Préchauffez le four à 180 °C (th. 6) et passez les cocottes à l'huile d'olive.
- Lavez les légumes, épluchez-les et coupez-les finement.
- Répartissez les légumes dans les cocottes.
- Écrasez les tomates dans leur jus avec la harissa et le cumin, salez et poivrez.
- Répartissez cette sauce sur les légumes, couvrez et mettez au four pendant trois quarts d'heure.

Vous pouvez avantageusement accompagner cette cocotte de semoule ou de riz.

Crumble de courgettes *

Facile

- Préchauffez le four à 180 °C (th. 6) et passez les cocottes à l'huile d'olive. Lavez les courgettes, coupez-les en rondelles et mettez-les dans un saladier.
- Épluchez l'oignon et l'ail, coupez-les finement et ajoutez-les aux courgettes.
- Versez l'huile, ajoutez le thym, salez et poivrez, puis répartissez dans les cocottes. Couvrez et mettez au four pendant 20 minutes.
- Travaillez le beurre avec la farine et le parmesan pour obtenir des miettes.
- Répartissez les miettes sur les courgettes et remettez au four sans les couvercles pendant 20 minutes.

Ajoutez quelques pignons de pin grillés sur le crumble pour leur croquant.

* *Ingrédients :*
600 g de courgettes
1 c.s. d'huile d'olive
1 c.c. de thym
1 oignon
1 gousse d'ail
Sel, poivre
50 g de beurre
70 g de parmesan râpé
100 g de farine

* *Préparation : 15 mn*
* *Cuisson : 40 mn*
* *Pour 6 cocottes*

Crumble aux champignons

Facile

Un crumble d'automne, très savoureux et facile à réaliser.

- Préchauffez le four à 180 °C (th. 6) et passez les cocottes à l'huile d'olive.
- Retirez les pieds des champignons, épluchez-les si nécessaire, puis coupez-les en quatre.
- Mettez-les dans un saladier, ajoutez l'huile, le thym, salez et poivrez. Épluchez les échalotes et l'ail, coupez-les finement et ajoutez-les aux champignons.
- Répartissez les champignons dans les cocottes, couvrez et mettez au four pendant 20 minutes.
- Travaillez le beurre avec la farine, du sel, du poivre et la chapelure du bout des doigts pour obtenir des miettes.
- Couvrez les champignons de miettes et remettez au four sans les couvercles pendant 20 minutes.

* *Ingrédients :*
600 g de champignons de Paris
2 échalotes
1 gousse d'ail
1 c.c. de thym
1 c.s. d'huile d'olive
Sel, poivre
120 g de farine
50 g de chapelure
75 g de beurre

* *Préparation : 15 mn*
* *Cuisson : 40 mn*
* *Pour 6 cocottes*

▶ Moyen

Soufflé au fromage

Le soufflé au fromage classique remis au goût du jour
dans cette cocotte qui fera son effet.

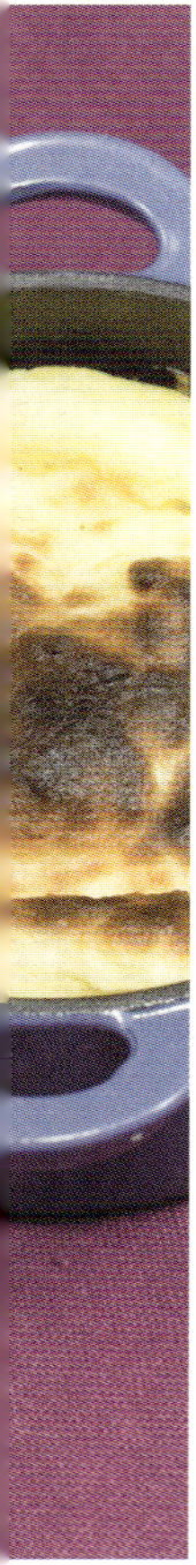

* *Ingrédients :*
  90 g de beurre
  100 g de farine
  40 cl de lait
  125 g de fromage râpé
  5 œufs
  Sel
  Poivre

* *Préparation : 15 mn*
* *Cuisson : 40 mn*
* *Pour 6 cocottes*

- Faites fondre le beurre dans une casserole, jetez la farine et mélangez rapidement au fouet.
- Toujours sur le feu, versez doucement le lait en mélangeant, ajoutez le fromage, salez, poivrez et laissez refroidir.
- Préchauffez le four à 180 °C (th. 6) et beurrez les cocottes.
- Ajoutez les jaunes d'œufs à la béchamel, montez les blancs en neige et incorporez-les.
- Répartissez dans les cocottes et mettez au four sans les couvercles pendant une demi-heure en surveillant.

Vous pouvez ajouter un pincée de muscade pour parfumer votre soufflé.

STAINLESS STEEL
SOLINGEN GERMANY

©PAULA SCALETTA

Ratatouille *

Facile

Une cocotte aux saveurs du sud, à déguster toute l'année.

- Préchauffez le four à 180 °C (th.6) et passez les cocottes à l'huile d'olive.
- Épluchez les oignons et coupez-les en petits morceaux.
- Épluchez la gousse d'ail et coupez-la en deux.
- Lavez les autres légumes et coupez-les en petits morceaux.
- Mélangez tous les légumes, les oignons et l'ail, salez, poivrez et répartissez dans les cocottes.
- Ajoutez un morceau de laurier, versez un filet d'eau, couvrez et mettez au four pendant 1 heure.

Vous pouvez accompagner cette cocotte de riz, de semoule, de pommes de terre sautées, etc...

* *Ingrédients :*
2 oignons
1 gousse d'ail
2 tomates pelées
½ courgette
½ aubergine
½ poivron
1 feuille de laurier
Sel, poivre

* *Préparation : 15 mn*
* *Cuisson : 40 mn*
* *Pour 6 cocottes*

Légumes à la mexicaine

Facile

- Préchauffez le four à 180 °C (th. 6) et passez les cocottes à l'huile d'olive.
- Épluchez l'oignon et l'ail, hachez-les, puis lavez et hachez le poivron.
- Faites-les revenir dans une grande poêle avec l'huile d'olive, râpez la carotte et ajoutez-la.
- Ajoutez les épices, les tomates avec leur jus et les haricots.
- Répartissez dans les cocottes et mettez au four pendant une demi-heure.

Servez ces cocottes avec des chips de maïs.

* *Ingrédients :*
1 oignon
250 g de tomates pelées en boîte
200 g de haricots rouges cuits
1 carotte
1 poivron vert ou rouge
2 gousses d'ail
5 cl d'huile d'olive
2 c.c. de poudre de Chili
1 c.c. de cumin en poudre
1 c.c. de basilic sec
1 c.c. d'origan sec
1 piment de Cayenne
½ c.c. de tabasco

* *Préparation : 1 h*
* *Cuisson : 30 mn*
* *Pour 6 cocottes*

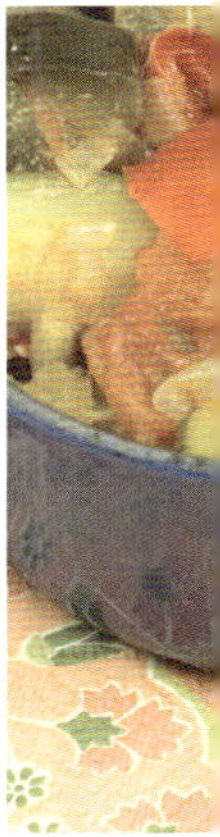

▶ Moyen

Compote de poivrons *

* *Ingrédients :*
  3 poivrons
  1 petit piment
  25 cl de coulis de tomates
  2 oignons
  1 gousse d'ail
  2 c.s. d'huile d'olive

* *Préparation : 15 mn*
* *Cuisson : 40 mn*
* *Pour 6 cocottes*

- Préchauffez le four à 180 °C (th. 6).
- Épluchez les oignons, émincez-les, puis faites-les blondir dans l'huile d'olive.
- Lavez les poivrons et mixez-les avec le piment et l'ail.
- Mélangez les oignons, les poivrons et le coulis de tomates.
- Répartissez ce mélange dans les cocottes, couvrez et mettez au four pendant trois quarts d'heure.

Servez cette compote accompagnée de pain de campagne ou de riz.

▶ Facile

Compote d'échalotes aux raisins

* *Ingrédients :*
  500 g d'échalotes roses
  20 g de beurre
  1 c.s. de sucre
  20 g de raisins secs
  3 c.s. de vinaigre
  Sel, poivre

* *Préparation : 15 mn*
* *Cuisson : 30 mn*
* *Pour 6 cocottes*

- Faites tremper les raisins dans 20 centilitres d'eau chaude.
- Préchauffez le four à 180 °C (th. 6) et beurrez les cocottes.
- Épluchez les échalotes et émincez-les ; faites fondre le beurre et faites-y blondir les échalotes.
- Ajoutez le vinaigre, les raisins avec leur eau, le sucre, salez et poivrez.
- Répartissez les échalotes et la sauce dans les cocottes, couvrez et mettez au four pendant 20 minutes.

Cette compote accompagne très agréablement les rôtis ou les gratins.

Gratin au chèvre & aux pommes

Facile

- Préchauffez le four à 180 °C (th. 6) et beurrez les cocottes.
- Épluchez les pommes, coupez-les en quartiers et répartissez-les dans les cocottes.
- Mettez au four pendant 10 minutes et sortez les cocottes.
- Répartissez le fromage de chèvre, le gruyère râpé et remettez au four sans les couvercles pendant 5 minutes.

Servez cette cocotte avec des tranches de pain grillé.

* *Ingrédients :*

3 pommes

3 fromages de chèvre frais

20 g de fromage râpé

Sel

Poivre

* *Préparation : 5 mn*
* *Cuisson : 15 mn*
* *Pour 6 cocottes*

Gratin de fenouil & champignons *

Un gratin très gourmand et surprenant.

Facile

- Préchauffez le four à 180 °C (th. 6). Lavez les bulbes, retirez les feuilles trop épaisses et coupez-les en morceaux.
- Répartissez-les dans les cocottes avec un peu d'eau et mettez-les au four pendant 20 minutes.
- Retirez les pieds des champignons, épluchez-les si nécessaire et émincez-les.
- Épluchez les échalotes et l'ail, émincez-les et faites-les revenir dans une noix de beurre. Ajoutez les champignons, salez et poivrez.
- Répartissez les champignons, versez la crème et couvrez de fromage.
- Mettez au four sans les couvercles pendant 20 minutes.

* *Ingrédients :*

2 bulbes de fenouil

300 g de champignons de Paris

2 échalotes

1 gousse d'ail

1 noix de beurre

10 cl de crème liquide

50 g de gruyère râpé

Sel, poivre

* *Préparation : 30 mn*
* *Cuisson : 30 mn*
* *Pour 6 cocottes*

▸ Facile

Gratin dauphinois *

Un véritable gratin dauphinois dans une petite cocotte individuelle : un régal !

* *Ingrédients :*
  500 g de pommes de terre
  25 cl de lait
  70 g de fromage râpé
  1 œuf
  25 g de beurre
  1 gousse d'ail
  1 pointe de muscade
  Sel, poivre

* *Préparation : 15 mn*
* *Cuisson : 40 mn*
* *Pour 6 cocottes*

- Préchauffez le four à 180 °C (th. 6) et frottez les cocottes avec une gousse d'ail coupée en deux.
- Éplucher les pommes de terre, coupez-les en rondelles et répartissez-les dans les cocottes.
- Portez le lait à ébullition, puis incorporez-y la moitié du fromage et l'œuf en fouettant.
- Salez, poivrez, parfumez à la muscade et versez sur les pommes de terre ; couvrez du reste de fromage et de copeaux de beurre.
- Couvrez et mettez au four pendant une demi-heure, puis retirez les couvercles et laissez gratiner pendant 15 minutes.

▸ Facile

Gratin de pommes de terre & de tomates

* *Ingrédients :*
  600 g de pommes de terre
  3 tomates
  25 cl de lait
  1 œuf
  100 g de parmesan râpé
  Sel, poivre
  2 brins de basilic

* *Préparation : 20 mn*
* *Cuisson : 1 h*
* *Pour 6 cocottes*

- Préchauffez le four à 180 °C (th. 6) et passez les cocottes à l'huile d'olive.
- Lavez les tomates, épluchez les pommes de terre, coupez-les en rondelles et répartissez-les dans les cocottes.
- Lavez le basilic et ciselez les feuilles.
- Battez l'œuf dans le lait avec le parmesan, le basilic, salez et poivrez, puis versez dans les cocottes.
- Couvrez et mettez au four pendant trois quarts d'heure ; retirez les couvercles et laissez gratiner pendant 15 minutes.

Vous pouvez très bien remplacer le parmesan par de la mozzarella.

Petites tomates confites *

Facile

Des tomates cerises confites au vinaigre balsamique et un croustillant au fromage de chèvre.

- Préchauffez le four à 180 °C (th. 6).
- Lavez les tomates, coupez-les en deux et répartissez-les dans les cocottes.
- Arrosez-les d'huile d'olive, saupoudrez de thym, couvrez et mettez au four pendant une demi-heure.
- Travaillez le fromage avec la chapelure pour obtenir des miettes, ajoutez un peu de chapelure si nécessaire.
- Sortez les cocottes, saupoudrez de sucre et arrosez de vinaigre. Couvrez de miettes au chèvre et remettez sans les couvercles au four pendant 20 minutes.

* *Ingrédients :*
600 g de tomates cerises
5 cl d'huile d'olive
1 c.c. de thym
1 c.c. de sucre
1 c.s. de vinaigre balsamique
2 crottins de chèvre
25 g de chapelure

* *Préparation : 15 mn*
* *Cuisson : 40 mn*
* *Pour 6 cocottes*

Feuilleté de soupe de légumes

Facile

- Préchauffez le four à 180 °C (th. 6) et découpez des cercles un peu plus grands que la circonférence des cocottes.
- Lavez les légumes, épluchez-les et coupez-les en très petits morceaux.
- Faites fondre une grosse noix de beurre dans une casserole et ajoutez les légumes. Faites-les revenir une minute, ajoutez le bouillon cube et couvrez d'eau.
- Faites cuire pendant 20 minutes, puis répartissez dans les cocottes.
- Préchauffez le four à 180 °C (th. 6) et découpez des cercles un peu plus grands que la circonférence des cocottes.
- Humidifiez les bords des ronds de pâte, collez-les sur les cocottes et dorez-les à l'œuf. Mettez les cocottes au four pendant 20 minutes.

Vous pouvez passer la soupe au mixeur si vous n'aimez pas les vrais morceaux de légumes.

* *Ingrédients :*
1 carotte
1 poireau
2 pommes de terre
1 oignon
1 bouillon de légumes
150 g de pâte feuilletée
1 jaune d'œuf

* *Préparation : 20 mn*
* *Cuisson : 40 mn*
* *Pour 6 cocottes*

▶ Facile

Crumble aux abricots *

* *Ingrédients :*
  1 kg d'abricots
  2 c.s. de miel
  ½ c.c. de cannelle
  30 g de beurre

  Pour la pâte :
  180 g de farine
  90 g de beurre
  60 g de sucre roux

* *Préparation : 15 mn*
* *Cuisson : 30 mn*
* *Pour 6 cocottes*

- Préchauffez le four à 180 °C (th. 6). Lavez les abricots et dénoyautez-les ; beurrez les cocottes.
- Répartissez les abricots dans les cocottes, ajoutez le miel et la cannelle, puis enfournez pendant 15 minutes.
- Laissez-les dorer, puis répartissez-les dans les cocottes.
- Dans un saladier, travaillez la farine et le beurre du bout des doigts, puis ajoutez le sucre.
- Couvrez les abricots de miettes et mettez au four pendant 15 minutes.

Vous pouvez très bien remplacer les abricots par des pêches jaunes ou blanches.

▶ Facile

Crumble aux framboises

Un crumble très gourmand grâce au croustillant aux flocons d'avoine.

* *Ingrédients :*
  600 g de framboises
  50 g de sucre

  Pour la pâte :
  150 g de farine
  60 g de sucre
  50 g de flocons d'avoine
  100 g de beurre

* *Préparation : 10 mn*
* *Cuisson : 20 mn*
* *Pour 6 cocottes*

- Préchauffez le four à 180 °C (th.6) et beurrez les cocottes.
- Lavez les framboises et répartissez-les dans les cocottes.
- Dans un saladier, travaillez la farine avec le beurre, ajoutez les flocons et le sucre.
- Couvrez les fruits de miettes de pâte et mettez au four pendant 20 minutes.

Vous pouvez remplacer les framboises par toutes sortes de fruits : des prunes, des mûres, des cerises...

Crumble aux pommes *

Facile ◄

Le plus classique des crumbles, mais aussi le meilleur !

- Préchauffez le four à 180 °C (th. 6) et beurrez les cocottes.
- Épluchez les pommes et coupez-les en morceaux ; pressez le jus de l'orange
- Mélangez les pommes avec le jus, le sucre et la cannelle dans un saladier, puis répartissez dans les cocottes.
- Mettez au four pendant 10 minutes.
- Dans un saladier, travaillez la farine avec le beurre du bout des doigts, ajoutez le sucre.
- Couvrez les fruits de miettes et mettez au four pendant 20 minutes.

* *Ingrédients :*
1 kg de pommes
60 g de sucre roux
1 c.c. de cannelle
1 orange

Pour la pâte :
180 g de farine
60 g de sucre
90 g de beurre

* *Préparation : 15 mn*
* *Cuisson : 20 mn*
* *Pour 6 cocottes*

Flan aux œufs

Facile ◄

- Préchauffez le four à 180 °C (th. 6) et beurrez les cocottes.
- Mélangez à l'aide d'un fouet la farine avec les œufs et ajoutez le sucre.
- Versez progressivement le lait en mélangeant.
- Fendez la demi-gousse et ajoutez les grains de vanille au mélange.
- Répartissez la préparation dans les cocottes et mettez au four pendant une demi-heure environ.

Ajoutez quelques raisins secs ou frais dans les flans pour leur donner un goût fruité.

* *Ingrédients :*
2 œufs
70 g de sucre
25 cl de lait
20 g de farine
½ gousse de vanille

* *Préparation : 15 mn*
* *Cuisson : 30 mn*
* *Pour 6 cocottes*

▶ Facile

Flan au chocolat *

Un flan évidemment très apprécié des plus gourmands.

* *Ingrédients :*
  50 g de farine
  3 œufs
  60 g de sucre
  50 cl de lait
  10 g de beurre
  2 c.s. de cacao amer

* *Préparation : 15 mn*
* *Cuisson : 30 mn*
* *Pour 6 cocottes*

- Préchauffez le four à 160 °C (th. 5) et beurrez les cocottes.
- Tamisez la farine et le cacao dans un saladier, puis incorporez les œufs à l'aide d'un fouet.
- Ajoutez le sucre, faites fondre le beurre et ajoutez-le.
- Versez doucement le lait en mélangeant ; quand la pâte est lisse, répartissez dans les cocottes.
- Mettez au four pendant une demi-heure environ.

▶ Facile

Far breton

* *Ingrédients :*
  90 g de farine
  100 g de sucre
  40 cl de lait
  2 œufs
  150 g de pruneaux
  1 c.s. de rhum

* *Préparation : 15 mn*
* *Cuisson : 30 mn*
* *Pour 6 cocottes*

- La veille, mélangez le rhum avec un peu d'eau chaude (10 cl environ) et mettez les pruneaux à tremper.
- Préchauffez le four à 180 °C (th. 6) et beurrez les cocottes.
- Mélangez la farine et les œufs au fouet dans un saladier ; ajoutez le sucre.
- Versez doucement le lait, puis ajoutez les pruneaux.
- Versez dans les cocottes, mettez au four pendant 10 minutes, diminuez à 150 °C (th. 5) et laissez encore cuire 20 minutes environ.

Vous pouvez remplacer les pruneaux par des raisins blancs frais pendant la saison.

Cheese-cake à la vanille *

Moyen ◀

Un délicieux cheese-cake à déguster entre amis.

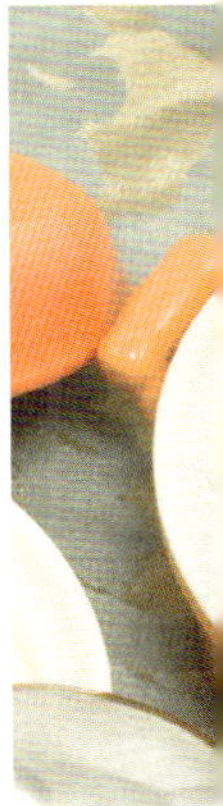

- Écrasez les biscuits, faites fondre le beurre et ajoutez-le aux biscuits.
- Répartissez ce mélange dans les cocottes, tassez et mettez au frais pendant 1 heure.
- Mettez la gélatine dans un bol d'eau froide pour la ramollir.
- Montez la crème en chantilly au fouet, puis incorporez le fromage blanc et le sucre.
- Diluez la vanille dans un fond d'eau chaude et ajoutez la gélatine pour qu'elle fonde.
- Ajoutez-la à la préparation, puis versez-la sur les fonds de biscuits ; mettez les couvercles et laissez prendre pendant 6 heures au réfrigérateur.

** Ingrédients :*
12 palets bretons
1 c.c. d'extrait de vanille
200 g de fromage blanc
25 cl de crème fraîche
4 feuilles de gélatine
25 g de beurre
120 g de sucre

** Préparation : 20 mn*
** Cuisson : 6 h*
** Pour 6 cocottes*

Cheese-cake coco griotte

Moyen ◀

- Écrasez les biscuits, faites fondre le beurre et ajoutez-le aux biscuits.
- Répartissez ce mélange dans les cocottes, tassez et mettez au frais pendant 1 heure. Mettez la gélatine dans un bol d'eau froide pour la ramollir.
- Montez la crème en chantilly au fouet, puis incorporez le fromage blanc et le sucre.
- Mettez la gélatine dans un fond d'eau chaude pour qu'elle fonde et mélangez-la à la confiture.
- Ajoutez-la à la préparation, puis versez-la sur les fonds de biscuits ; mettez les couvercles et laissez prendre pendant 6 heures au réfrigérateur.
- Saupoudrez de noix de coco râpée ou en copeaux avant de servir.

Vous pouvez remplacer les palets par des biscuits à la noix de coco.

** Ingrédients :*
12 palets bretons
3 c.s. de confiture de cerises noires
200 g de fromage blanc
25 cl de crème fraîche
4 feuilles de gélatine
25 g de beurre
120 g de sucre

** Préparation : 20 mn*
** Cuisson : 6 h*
** Pour 6 cocottes*

▸ Facile

Cheese cake au citron

Un cheese-cake savoureux, à servir avec des fruits rouges.

* *Ingrédients :*
  12 palets bretons
  1 citron
  1 c.c. d'extrait de vanille
  200 g de fromage blanc
  25 cl de crème fraîche
  4 feuilles de gélatine
  25 g de beurre
  120 g de sucre

* *Préparation : 20 mn*
* *Repos : 6 h*
* *Pour 6 cocottes*

- Écrasez les biscuits, faites fondre le beurre et ajoutez-le aux biscuits.
- Répartissez ce mélange dans les cocottes, tassez et mettez au frais pendant une heure. Mettez la gélatine dans un bol d'eau froide pour la ramollir.
- Montez la crème en chantilly au fouet, puis incorporez le fromage blanc et le sucre.
- Pressez le jus du citron, faites-le chauffer et ajoutez la gélatine pour qu'elle fonde.
- Ajoutez-la à la préparation puis versez celle-ci sur les fonds de biscuits, mettez les couvercles et laissez prendre pendant six heures au réfrigérateur.

▸ Facile

Cheese-cake au pamplemousse *

Une variante très fruitée du cheese-cake habituel.

* *Ingrédients :*
  12 petits beurre
  100 g de beurre
  2 pamplemousses
  8 feuilles de gélatines
  400 g de fromage blanc
  30 cl de crème fraîche
  180 g de sucre

* *Préparation : 20 mn*
* *Repos : 6 h*
* *Pour 6 cocottes*

- Écrasez les biscuits, faites fondre le beurre et ajoutez-le aux biscuits.
- Répartissez ce mélange dans les cocottes, tassez et mettez au frais pendant une heure.
- Mettez la gélatine dans un bol d'eau froide pour la ramollir.
- Montez la crème en chantilly au fouet, puis incorporez le fromage blanc et le sucre.
- Pressez le jus du pamplemousse, faites-le chauffer et ajoutez la gélatine pour qu'elle fonde.
- Ajoutez-la à la préparation puis versez celle-ci sur les fonds de biscuits, mettez les couvercles et laissez prendre pendant six heures au réfrigérateur.

Compote de figues au gingembre *

Facile

Figues, gingembre et cannelle s'associent pour votre plaisir.

- Préchauffez le four à 180 °C (th. 6) et beurrez les cocottes.
- Épluchez le gingembre et coupez-le en très fins morceaux (ou râpez-le).
- Lavez les figues et coupez-les en quatre.
- Répartissez les figues dans les cocottes, saupoudrez de cannelle, de sucre et ajoutez le gingembre.
- Couvrez et mettez au four pendant 15 minutes environ.

** Ingrédients :*
12 figues mûres
10 g de racine de gingembre frais
1 pincée de cannelle
20 g de sucre roux

** Préparation : 15 mn*
** Cuisson : 20 mn*
** Pour 6 cocottes*

Compote de rhubarbe & de fraises

Facile

Une compote très printanière et fruitée.

- Préchauffez le four à 210 °C (th. 7), lavez et coupez les fraises.
- Épluchez la rhubarbe, retirez les gros fils des tiges et coupez-la en tronçons.
- Mettez les morceaux dans un saladier avec le sucre, mélangez puis répartissez dans les cocottes.
- Mettez au four pendant 20 minutes, puis sortez les cocottes ; retirez les couvercles.
- Ajoutez les fraises et remettez au four pendant 10 minutes.

** Ingrédients :*
600 g de rhubarbe
300 g de fraises
200 g de sucre

** Préparation : 15 mn*
** Cuisson : 20 mn*
** Pour 6 cocottes*

Vous pouvez ajouter un sachet de sucre vanillé avec la rhubarbe.

▶ Moyen

Moelleux au chocolat & au gingembre *

* *Ingrédients :*
  100 g de chocolat noir
  100 g de beurre
  100 g de sucre
  50 g de farine
  4 œufs
  10 g de gingembre confit

* *Préparation : 15 mn*
* *Repos : 4 h 20 mn*
* *Cuisson : 20 mn*
* *Pour 6 cocottes*

- Faites fondre au bain-marie le chocolat avec le beurre ; ajoutez le gingembre haché.
- Fouettez les œufs avec le sucre dans un saladier, puis incorporez la farine et enfin le chocolat.
- Placez la pâte au réfrigérateur pendant 4 heures.
- Préchauffez le four à 210 °C (th. 7) et beurrez les cocottes.
- Répartissez la pâte dans les cocottes, mettez au four pendant 15 minutes, puis servez chaud.

Accompagnez ces moelleux de sauce anglaise ou de sorbet aux fruits rouges selon vos envies.

▶ Moyen

Soufflé au fromage blanc & aux raisins

* *Ingrédients :*
  150 g de raisins secs
  ½ citron
  50 g de beurre
  500 g de fromage blanc
  4 œufs
  100 g de crème fraîche
  125 g de sucre
  30 g de farine

* *Préparation : 30 mn*
* *Cuisson : 30 mn*
* *Pour 6 cocottes*

- Préchauffez le four à 180° (th. 6) et beurrez les cocottes.
- Travaillez le beurre avec le sucre, ajoutez trois jaunes d'œufs, puis la farine.
- Incorpore le jus de citron, le fromage blanc et la crème.
- Montez les blancs en neige et incorporez-les, versez dans les cocottes, dorez avec le dernier jaune.
- Mettez au four pendant une demi heure.

Vous pouvez parfumer le soufflé à la vanille à la place du citron.

Dans la même collection :

- *Le meilleur des* **Papillotes**
  Marie Joly
- *Le meilleur de la cuisine du* **Maroc**
  Philippe Chavanne
- *Le meilleur des* **Verrines**
  Virginie Boudsocq & Nathalie Ritz
- *Le meilleur du* **Crumble**
  Fanny Matagne
- *Le meilleur de la* **Machine à Pain**
  Marie Joly
- *Le meilleur du* **Tiramisu**
  Marie Joly
- *Le meilleur des* **Tartes & Tatins**
  Philippe Chavanne
- *Le meilleur des* **Millefeuilles**
  Thomas Feller
- *Le meilleur de la* **Mini Cuisine**
  Fanny Matagne
- *Le meilleur des* **Macarons**
  Thomas Feller

La cuisine en grand format :

- ***La Folie des Cakes***
  Philippe Chavanne
- ***Desserts & Douceurs***
  Marie Joly
- ***La Douce Folie des Biscuits***
  Marie Joly
- ***Apéro Chic***
  Marie Joly
- ***La Bonne Cuisine de Bistrot***
  Philippe Chavanne

www.city-editions.com